공백의 그림자

공백의 그림자

박이문 시선집

문학동네

선집에 부쳐

나는 그 동안 금년 초에 낸 『아침 산책』과 영시집 『Broken Words』를 포함해서 총 여섯 권의 시집을 냈다. 이 시집은 위의 두 권을 제외한 그 밖의 네 권의 작품집 중에서 골라낸 작품들의 선집이다. 그중 몇 편을 빼고는 모두 객지, 보스톤에서 철학교수로서 수업 준비에 바쁜 시간을 쪼개어 틈틈이 쓴 것들이다.

시인이 되는 것이 일찍부터의 나의 꿈이었고, 내가 철학공부를 하게 된 중요한 동기 중의 하나가 내가 왜 시에 집착을 하는가, 시가 무엇이며, 어떤 것이 좋은 시인가를 알려는 것이었지만 나는 아직도 그런 물음들에 대한 확실한 대답을 찾지 못하고 있다.

그러나 지금 뒤돌아보면 두 가지만은 확실했다. 그것 중 하나는 지금도 그 무엇이라고 규정할 수 없지만, 나의 언어적, 관념적 그물망에서 빠져나가는 아주 중요한 무엇이 있다는 확신이며, 또하나는 그것을 꼭 언어로 표현하고 싶은 떨쳐버릴 수 없는 내적 욕구였다. 이 선집은 그러한 나의 내면적 몸부림의 산만한 흔적들이다.

네 권의 시집 가운데 마지막 것을 낼 때 나는 내가 할 수 있는 말을 다 했다고 믿은 때도 잠깐 있었지만, 내가 말하고자 했던 그 무엇이 아직도 나의 언어적 그물망에서 빠져나가고 있음을 곧 깨달았다. 그렇다면 나는 앞으로도 시작을 여러 가지 방식으로 더 시도할 수밖에 없을 것이다.

이 선집의 출판을 선뜻 맡아주신 문학동네 여러분과 해설을 써주신 오생근 교수께 각별한 감사의 뜻을 전하고 싶다.

차례

I

『눈에 덮인 찰스 강변』에서

눈에 파묻힌 성당

사방
들과 숲과 마을은
눈 속에 깊이 파묻히고
혼자
솟아 서 있는 흰 공간
황금빛 눈부신 성당의 화살
뉴잉글랜드의 정원
저물어가는
해
성스러운 어머니의 얼굴 같은

눈에 덮인 들

눈이 닿는 곳마다
눈에 파묻혔다

크나큰
시가 씌어지길 기다리는
한 장의 흰 원고지

무슨 시를 쓰랴
바람과 해와
바다와 별과

시를 쓰리
언어 아닌 구름으로

마음의 언덕

찢어진 깃대
마음이 바람에 흔들린다

이마를 덮는 흰 머리카락
텅 빈 가슴은 저녁에 우는가

바람은 구름이 지나가듯
어둠처럼 흘러가고

돌아보는 눈앞엔
반짝이는 별 하나

함박눈 나리는 길에서

이틀째 쌓이는 함박눈에
찰스 강변은 무릎까지 파묻히고
다시 저물어가는 낯선 겨울

헤아릴 수 없는 눈송이들의 지저귐에
아무도 없는 눈길을 거닐면
다시 눈에 파묻히는 나의 발자국

쏟아지는 눈송이에 따사한 어깨
강변을 따라 가로수들
자꾸 눈길에 끌려가는 마음

걸음마다 눈앞엔 아물대는 옛 얼굴들
꼬리를 물고 오는 어려운 질문들
지나가는 대답들은 눈처럼 녹고

흰 저녁 하얀 눈길에서

불꽃처럼 타는 나의 가슴
윤곽이 없는 하얀 지혜

어둠이 다가오는 이역의 눈길에
이마에 녹는 눈송이의 감각
고요해지는 하얀 공간

나비의 꿈

나비는 나의 꿈
별들을 기다리는 하늘
문을 열면
어두운 바람이 불고
외국어같이 수선한 함박눈
들어도 알 수 없는 눈소리

뻗친 길을 달리는 마음
달려도 뛰어도 떨어지지 않는
발길 쓰러지는 마음
낯선 유리창 안의 낯선
나의 그림자
그리고 또 낯선 나의 그림자

찾아올 사람도 없는 밤
아무도 없는 외국 공항 대합실
바람을 기다리는가

죽음을 기다리는가
아무리 허우적대도 깨어나지 않는
나는 나비의 꿈

반시(反詩)

알카셀처의 파란 포장
흰 알약이 남은 아스피린 병
낡은 칫솔 둘
쓰다 남은 비눗조각

휴지통 속 코카콜라 깡통
코 묻은 종잇조각
깨어진 휴식
찢어진 눈물

변기에 앉은
진리, 사람, 지혜, 고민
죽음과 슬픔과 그리고 꿈
명상하는 변기

언어들 사이에서

두 개의 언어 사이에
낀
존재
가
있을까

산과 들
바람과 곡식
사랑과 슬픔
죽음과 삶이 있을까
언어 밖에서

언어들
바깥에선
무한한 밤뿐
거기 혹시 자유가 숨을 쉬는가

윤회시(輪廻詩)

먹고 소화하고 자고
먹고 소화하고 자고

바시락거리다가 쉬다가
바시락거리다가 쉬다가

안달하다가 지치다가
안달하다가 지치다가

악을 쓰다가 웃다가
악을 쓰다가 웃다가

아프다가 좀 낫다가
아프다가 좀 낫다가

사랑하며 번식하다가
사랑하며 번식하다가

먹고 자고 늙고
먹고 자고 늙고

눈감아 먼지가 되어
눈감아 먼지가 되어

우리들의 탄생은 우연
우리들의 탄생은 우연

우리들의 죽음은 우연
우리들의 죽음은 우연

인과가 우연이 되고
인과가 우연이 되고

비를 맞아 싹이 되고

비를 맞아 싹이 되고

바람이 불면 바람에 날려
바람이 불면 바람에 날려

눈이 쌓이면 파묻혀서
눈이 쌓이면 파묻혀서

그러다가 이러다가
그러다가 이러다가

왔다가 갔다가
왔다가 갔다가

땅과 해를 돌고
땅과 해를 돌고

우리들도 돌다가
우리들도 돌다가

좌선

눈을 잠깐 뜨면
나는 그림자가 되어 있고
눈을 또 감으면
보이는 것은
보이지 않는 것뿐이다
눈을 더 감고 있으면
박살난 부처님의 조각
눈을 또 떠보면
들리는 것은
귀를 깨는 목탁 소리뿐이다

생각을 끝내 쫓아가면
생각은 산산이 사라지고
생각을 그치면
생각되는 것은
그저 생각하는 생각뿐이다

참고 쭈그려 앉아 있으면
다리는 저리고
그래도 견디어보면
무릎을 쑤시는
아픔뿐이다

눈을 떴다가
감다가
생각을 쫓다가 쫓기다가
오직 확실한 것은
고요한 혼돈뿐이다

눈을 감다가 말다가
눈을 떴다가 말다가
생각하다가 말다가
방구석에서 혼자
내가 앉아 있을 뿐이다

보이지 않는 것

보이지 않는 것은
역시 보이지 않는다

밤은 깊다
알아도 알아도
서투른 곳

이 밤의 마지막 등불
끄고 침대로 간다
잠을 자려고
잠이 들면
보일까
보이지 않는 것은

따라가도 또 따라가도

따라가도 또 따라가도
아는 사람은 아니다

돌아봐도 뒤돌아봐도
날 부르는 소리는 아니다

상처
—한국전쟁시

비슷한 사람이 겨냥한 총알이
병사의 가슴에 녹슬어
모두가 돌아간 언덕에는
비눈물이 내린다

독한 술잔에 기운
도시의 지붕
바람에 너털거리는 철조망
철조망 같은 상처
그 자국마다
어느 보초의 칼끝 같은
노여움이 내린다

하늘이 찢기면
꽃보다 고운 별이 뜰 것인가
아직껏
피 엉킨 상처는

어두운 하늘을 노리어

포구처럼 벌린

가슴에도 지금

눈물 같은 비가 내린다

II

『나비의 꿈』에서

흩어진 하늘

갈 곳 없는 생각들이
문이 닫힌 마음 속에서
기다리는 애달픔

받아줄 사람 없는
사랑의 꽃잎들은
어두운 가슴 속에서 불타 시들고

피지도 않는
고독한 낱말들은
이역 하늘의
밤에 흩어져 있는
별들

소리없이 날아가는

혁명이 일어난 날
거리에 몰린 군중처럼
와글대는 생각들이
노란 담배꽁초의 밤에 연기가 되어
흩어지고

쓰러진 시체들
깨어진 머리통은
요란한 생각의 저녁도시에
붉게 물들어
말없이

피는 향불
주검을 달래면서
황혼이 짙은
끝없이 깊은 거울에
X레이처럼 비치고

아우성도 누워 있는 시체도
기쁨도
내가 쓴 시의 낱말들도
소리없이 날아가는 그림자

그림자

사물들은 예를 들어
책상
그 위에 놓인 책, 연필
그 속의 글자들

창 밖 플라타너스 나무
거리를 혼자 산책하는
여인과
강아지와
사람들은

눈
나의 의식 속
테두리 철창에
갇혀 있어
마치 죄수들처럼
자유롭지 않은

죄인들인 양

나의 생각은
사물들 속의
뚜렷한 윤곽에
갇혀 있어

마치 호흡이 막힌
심장처럼 숨막히는
호흡처럼
사람들은

그림자 안의 나
나는
그늘 속
사물들에 묶여서

빈 편지통

오늘도 편지통은
비어 있다

세번째 열어봐도
빈 편지통

또 한 번
열어본다

악몽

절벽으로
손톱에 피가 나도록 모래를 잡고
절벽으로 기어올라간다

사뭇 무너지는 모래산
절벽을
뱀이 우글대는데
지렁이가
꾸물거리며
뒤에 몰려 있고
절벽을 향하여 그저
아슬아슬하게 매달려
올라가면

미끄러지고 밑바닥
아득히 내려다보이는 바다

빠지면 고만일 절벽 바다
잠을 깨려 발을 굴러도
눈이 뜨여지지 않고
모래알
절벽에 매달려서
잠은 의식을 막고

그 놈들이
한 발자국 두 발자국
따발총 들고 따라오는데
생쥐처럼 기어들어갈
마루 밑에
숨어지지 않고
잠이 깨어지지 않고

돌아서면 절벽
앞에도

절벽
한 번 떨어지면
목숨이 끊어질
절벽에 매달려
잠은 아무래도 깨어나지
않고
진땀이 흘러
숨이 막히고
목숨이 당장
끊어질 듯하다가

탈출

아름다운 것은
모두
밖에서만 빛난다

감각은 노래를 부르는데
행복하면
행복해지지 않는
창 속의 마음
잠을 깨면
깨어나지 않는 잠에서
눈만 뜨면
햇빛이 나련만

허우적대면
의미의 무한히 겹친
거미줄 속에 얽혀
해탈의

탈출 문은 스스로 닫히고

스스로의 철창을 떠나지 못해서
문은 항상 열려 있는데

깨어진 조각들

구름에 찢어진 하늘
나뭇가지에 뿌려진
별들

구름과 나무와 별들이
서로 갈라져
조화가 깨져서
빛이 나고

있음도
하늘을 덮은
무한한 두 개의 허(虛)
속에 떠서
매달려 있는

조각난 부스러기
가령

버러지, 나무, 산, 사람, 언어
먹다 남은 김치그릇

빛나는 것은
무한히 작고
무한히 많고
쓸 데 있는
부서진 다이아몬드의 부서진 조각들
질서가 없어
빛나는 별들처럼

아무 할말이 없기에

생각을 생각해서
말을 하려고
말을 만들어서
생각하려고

아무 할말이 없기에 아무 생각이 없기에
생각을 생각하고
생각하고 말하고
말하고 생각하고

아무 생각이 없으니까
아무 할말이 없으니까

말을 생각하고
생각을 말하고
생각을 만들어서
말을 하려고

아무것도 말하지 않기에
아무것도 생각하지 않기에

살아 있으니까
죽지 못하니까
허전하니까
답답하니까

그리고 외로워서

메아리

바람과
가슴에 울리는
아픔도
형체도 없는 어느
크나큰 존재의 메아리라서
사라지는 그리고 잊혀질 것인

우리들의 기쁨과
우리들의 결단과
그리고 그 귀중한
우리들의 자유도

보이지 않는 어느
크나큰 실체
메아리라서
그림자만 같은

그림자가 그림자를
잡고 싸우다가
메아리가 메아리에
울려 부산하다가

형체도 없는
보이지 않는 그리고
아무도 모르는
어느 크나큰 원리에 갇혀

뿌리 없이

매달린 하늘엔
대들보도 없이
높기만 한 날
떠 있는
구름

땅을 디디면
뿌리가 박히지 않는
모래밭
혹은 자갈들

탄생과 죽음의
두 약속의 우연의 양극에 떠서
끊어진 두 개의 극에 끼어

찢어진 거미줄에
매달려 흔들리는 거미

바람 부는 저녁때처럼
공중에 떠서
흔들리면서
바람에 떨려서
기쁠 수도 없이
내용 없는 약속을
기다리듯

여기에도 저기에도
사라지는 죽음에도
시작에도 끝에도
뿌리가 없어
뿌리가 박히지 않은 채

권태

두번째가 되면
뜨거운 책 속의 낱말들의 의미도
투명한 모래알
소리없는 하품

뜨거운 오후의 시간은
큰 하품을 하고
벽에 걸린
추상화
날개가 시들어

자유는 갈 데가 없이
방 안에 누워 있고
노랗게 찌든
기쁨 속에

고달픈 영원

두번째 생각하면
찬란한 영광의
환희도
불지 않는 바람
그림자 없는 기지개

타향

고향도 타향
타향은 타향
평화도 불화

나무집 같은 삶
죽음도 나무집
어디도 머물 곳 없어

사랑도 타향
사랑하면서 사랑할 수
없는 사랑의 뜨거운 허전함

행복에 목마른
행복에의 욕망도
즐겁지 않은
살아 있는 행복

낱말들의 눈송이가 내리고

이루어지지 않은 생각이
가루가 되어
낱말들의 눈송이 내리고
다듬어도 짜봐도
흩어지고 부서지는 마음
이루어지지 않은 사랑이
눈물이 되어
사람의 의미가 눈송이같이 내리고
찾아도 참아도
손 안에 녹아 없어지는
존재의 뜻

눈에 젖은 상처

상처에
눈송이가 앉네
피에 물든
첫눈처럼
뜨겁다가 탄
사람의 피 묻은
상처

빨간 상처가
눈에 쓰리고
눈에 녹아도 가시지 않고
사랑의 상처
삶의 상처

시간이 씻어주랴
이 상처의 아픈 눈물을
세월이 잊혀주랴

이 아픔의 기억을
깨어진 사랑의
눈물에 젖은 상처
살아가는

거울에 비친 그림자

거울에 비친 것은 내가 아니다
사물 같은
눈 둘, 코 하나, 콧구멍 둘, 입 하나, 그것 하나

꿈틀거리는 살
털 없는 동물원 원숭이
거울 속 나의 그림자

소리를 불러보는 이름
흉내 내는 그림자
원숭이같이

나의 그림자
거울에 갇힌
이상한 동물

조개의 웃음소리

조개의 빨간
유혹에 바다의
파도가 꼬리를 치면서
노래하는
바닷가 모래밭

뜨거운 햇빛에
엿가락처럼 녹은 시계 하나

시간이 머물고
속삭대는
조개들의
저녁 웃음소리

수줍고 뜨거운
조개들의
웃음소리

감각

피부는
나무 그늘 밑
바람에 즐겁고
의식은

깨어진 유리조각 같지만
높은 단풍나무 밑에
혼자지만

눈은 구름을 보고
산을 쓰다듬고
그리고 보고
본다
투명한 창

있다
살아 있다

내 의식이

살아 있다

어딘가 뿌리를 박고

단풍나무가

살아 있듯이

땅에 뿌릴 박고

푸르게 살아 있듯이

삶 속에

뿌릴 박고

깊진 않지만

사랑 3곡

사랑이 남기는
것은
삶의 가시지 않는
상처
그러나 아파하지 않으리
우리들의 몸은 먼지니까

사랑은 언제고
곧
사라지는
구름 같은
사연
그러나 슬퍼하지 않으리
우리들의 숨결은 바람이니까

사랑은 아쉬워
사그라지는

떠나는 삶
그러나 울지 않으리
우리들의 마음은 환상이니까

외딴 불

별들이 함뿍
붙어 있는 창문을 연다
잠이 들지 않는
한밤중

건넛집
아파트
오직 하나만의 창문
아직도 불이 밝다
외따로

거기 누군가의
마음도
잠을 이루지 못하나
별들처럼
혼자서

불경한 아이들

꼬마들이 나란히
개처럼 한쪽 다리를 들고
성모(聖母) 마리아 상(像)에
오줌을 갈긴다
부끄러워서
순수하니까
성스러우리만큼

하늘이 맑고

하늘이 맑고
가을이 맑은 것은
그것들의 있음에
아무 이유도 없기 때문이다

이유가 없는 삶은 푸르고
의미가 없어
꽃은 향기롭다

열반

석조불상
돌인데
살아서
코 귀
깨어진 손

소라 같은 부처의
귀는
바다의 너그러운
미소를 듣고

깨진 코
잘라진 귀
깨진 가슴
돌인데
부처는 웃네

무의미의 의미

하늘은 뜻이
없어
맑고

산들은 말이
없어 푸르고
꽃들은 생각이
없어
곱고

그냥 맑고
그냥 푸르고
그냥 곱고

사람들은 생각이 있어
어둡고
생각은

있어
부산하고

사랑에 의미가
있어
괴롭고

소나무 송(頌)

소나무는
높고 곧은 소나무는
푸르기만 하네
혼자
한 곳에만 있으면서도
외롭다 울지 않고
푸르기만 하네
소나무는
백 년이 넘은 높은 소나무는
싱싱하기만 하네
나이가 들어도
꾸부러지지 않고
싱싱하기만 하네

소나무는
오솔길 숲속 소나무는
의젓하기만 하네

이유도 없이
뜻도 묻지 않고
그저 의젓하기만 하네

어떤 크리스마스 이브

밤이 내리네
눈이 내리네

아무도 안 오네
함박눈만 내려오네

III

『보이지 않는 것의 그림자』에서

무명묘(無名墓)

나의 무덤은 문패도 없다
나는 버러지의 살이 되고
잡초들의 색깔이 되고
들꽃의 향기가 된다

나의 무덤은 흙이 되고
나의 무덤은 무가 되고
나의 무덤 속에서
하루살이 벌레들이 노래를 한다
벌레들 울음소리

보이지 않는 것의 그림자

소리없는
무엇
의미의 강물이
희게 흐르고

환히 밝은 어둠
밝은 밤
존재의 바람이
부르는 묵은 이야기

보이지 않는
것

깨어진 그림자만이
아물아물 흔들리고
알 수 없는 묵은 뜻

보이는 것의

의미

눈과 귀

산은 산이고
강은 강이고
보이는 산은 보이지 않고
들리는 강은 들리지 않고

보이는 것은 그림자뿐
들리는 것은 메아리뿐
보이지 않는 눈으로
산 너머 보이지 않는 것을 보고
들리지 않는 귀로
강물 속 들리지 않는 것을 듣고

산은 산이 아니고
강은 강이 아니고
성당이 보이는 마을
종소리가 들리는 시골
어딘가 무한히 먼 곳에서

어딘가 한없이 깊은 곳에서
보이는 것
들리는 소리

비석(碑石)

비석은
주소 없는 문패

하늘 지붕 밑
흙 이불 덮고
버러지와 더불어

그 집 주소는
숫자 없는 우주

뼈가 흙이 되면
비석도 모래가 되어
없어지는 것과 남은 것
다 같은 하나뿐

낙엽

가랑비 갠
오후
강변 산책길
내 가슴에 가랑잎이
떨어진다
젖은 신발에 밟히는
낙엽들이
지나간 봄의 기억을 더듬는다
막 지나간 여름 이야기를
수군거린다

행복할 수 없는 이유

기차가 누비는 구라파의 마을들
그림엽서보다 곱다
기차에 실려 읽어보는 신문기사들
지옥보다 더 괴롭다

에티오피아의 사막에서 기아로 죽어간다
아이들의 철창 같은 뼈
분노의 폭탄을 터뜨리다 죽은 게릴라
목숨을 걸고 데모에 나선 학생들

나는 행복할 수 있어도 행복할 수 없다
그림엽서같이 즐거운 유럽의
관광객 속에서 나는 행복에의 권리가 없다

고요한 공백

무릎까지 눈이 쌓이고
무한한 사방
끝없이 깊은
고요한 공백의 지평
벌레들은 땅 속에
동면하겠지만
산새들은 어디서
눈을 맞고 있나
숲속으로 사라진
산짐승의 발자국 하나

잠들지 않는 밤

잠들지 않는 밤
무덤 깊은 곳에서 우는
벌레 소리를 듣는다

잠들지 않는 밤
유리창에 종알대는 별들의
숨은 그림자를 본다

그림자

잡히는 것은 거품뿐
거품을 잡아 씻고
쫓아가다가 머뭇 선다

떼어도 떼어도 떼어지지 않는 거품
따라가도 따라가도 잡히지 않는 그림자

잡히지 않을 것을 잡으려
두 손을 뻗치고
쫓아간다
그림자를 잡으려고
따라가는 그림자

크나큰 하나

눈에 보이는
사물들의 껍데기
깊은 존재들이
보인다
눈을 감을 때만은
깊은 마음의 거울
속에서

무수한 모습의
무수한 실체
언어 이전에
살아 있는
순수하고
풍요한

죽음과
흙과

침묵과 어둠
넘어

우리들의 얇은
껍데기
우리들의 삶은
헛것

죽음 다음
또하나의 삶이
또하나의 삶 다음
또하나의 죽음이

말이 없어 의미가 깊고
소리없이 깊은
살아 있는 모든 것
모든 것은 살아 있어

크나큰

하나

있음과 없음도

함께

마운트 오번 공동묘지

마운트 오번 공동묘지는
공원보다 크다
정원보다 곱다

언덕진 잔디 위
나란히 서 있는
비석들
백 년
이백 년
삼백 년
문패를 달고
쉬고들 있다
이곳에 살던 사람들
뉴잉글랜드
케임브리지

객지 삼십 년

공동묘지를 거닐며
나의 죽음을 생각한다
나의 무덤을 생각한다
나의 마지막 거처를 생각한다

나도 이 아름다운 묘지에
편안히 묻힐까
그래도 나는 손님
삼십 년이 지나도 이곳은 나의 객지
마운트 오번 묘지는
남의 집인가

헐벗어도 나의 고향
가난해도 나의 땅
충청도 산골에 묻힐까
어머니와 아버지와 나란히
가난한 땅의 흙이 될까

나의 뼈는

깡마른 땅의 뿌리가 될까

쾰른 대성당

이건 산이다
이건 바위산이다
그 웅장한 모습 앞에서
오직 경건해지는 마음

팔백 년 끝없이
하나님을 찬송하는
뜨겁고 붉은 합창 소리가 되고

팔천만 개 하나하나
믿음의 벽돌이 모여
하나의 믿음의 전당을 이루고

팔억 개 한결같이
기도의 손이 합쳐
하늘로 솟고

옛사람들의 이름마저 사라져도
보이지 않는 것은 역시 보이지 않아도
이건 영원
이건 허망해도 허무를 이긴 승리의 탑

로마의 폐허

왕관을 쓴 시저들은 보이지 않는다
그들의 그림자도 보이지 않는다
노예들도 눈에 띄지 않는다
창을 들고 포수를 보는 로마 제국의
군인들도 보이지 않는다
모두 어디로 갔는가

이천 년 전 로마의 도시
남아 있는 것은
대리석 기둥 몇 개
무너진 돌벽
세계를 정복한 로마 제국의
옛 수도
영원을 믿었던 도시

역사의, 정복의, 제국의, 그것을 위한 고통의
그 의미, 그 뜻은

그 의의는
의미의 무의미
무의미의 의미

깨어진 돌조각, 무너진 폐허의
보일 듯 보이지 않을 듯
보이지 않으면서 보일 듯한 의미
뜻은 몰라도 아름다운 폐허
허무해도 장엄한 흔적

공동묘지 순례

몽파르나스 공동묘지에서 돌로 변한
사르트르
비석마저 삭아버린
보들레르의 흔적
파리는 여전히 화려해도

프라하 교외
유태인 공동묘지를 찾는 것은
잡초에 파묻힌 비석 'Doktor Franz Kafka'
앞에 잠깐
서 있어보자 해서

비석이 되어 남아 있는 형이상학 철학자 헤겔
비석으로만 남아 있는 공산주의 작가 브레히트
동베를린의 지저분한 묘지에 누워

죽어도 묻힐 곳이 없다

빈민굴처럼 비비고 서 있는
비석들

파리의 또하나의 공동묘지 페르 라셰즈에서
쇼팽의 비석이 삭아버린다
우화 작가 퐁텐의 비석이 쓰러져 있다
돌도 삭고
돌에 새긴 이름도 지워지고
거기 꽃송이 하나

달리는 기차 안에서 멀리 바라본
사르트르 대성당

전체를
가로지른 하나의
선
위 절반은 푸른 하늘
밑 절반은 노랑 밀밭

한복판
회색빛 솟은 돌성당
하나의 선
하나의 연결

하늘과 땅의
저곳과 이곳의
성과 속의
만남

IV

『공백의 울림』에서

별들의 소문

아니라고 했다
그렇다고 했다
의심스럽다고 했다
모른다고 했다

소문이 떠돌아다니고 있었다
짐승들과 이야기를 나누던
아득한 옛 동굴들로부터의
소문이 자자하게 들려왔었다

별들의 소문
별들은 타고 온 소문이 있었다
별들처럼 반짝이는 소문
별들의 대화처럼 알 수 없는 소문이 있었다

미국 케임브리지 시 공동묘지

교회당 그림자에 짙은 잔디밭
삼백 년 묵은 무덤들
종잇장같이 얇은 비석들이
문패처럼 총총히 서 있다.

그 밑 뼈도 남아 있지 않은
주인들은 풀잎이 되어
꽃이 되어 봄을 맞고
벌레가 되어 기어나온다

비석들

비에 젖어
눈에 덮여
시간에 닳아
바람에 삭아

이제 알아볼 수 없는 이 비석들
그대들의 이름은 무엇
알 수 없는 그대들의 이름들
이곳에서 무엇을 하고 있을까
비석들이 혼자 남아
밤비를 맞고 서 있다.

시작(詩作)의 고통

산은 산이고 물은 물이고
산은 산이 아니고 물은 물이 아닌데

사람은 사람이고 개는 개이고
사람과 개는 차이가 없는데

깨뜨려지지 않는 산과 물의 거리
지워지지 않는 사람과 개의 차이

산은 산이라서 시인은 고민한다
사람은 사람이 아니라서 시가 씌어지지 않는다

시는 산도 아니고 물도 아닌 중간에 있을 텐데
시어는 사람도 아니고 개도 아닌 언어
없는 사이에 있을 테니까

사람과 물이 섞인다

사람과 개가 하나가 된다

어머님의 무덤 앞에서

무신론자인데도
당신을 보고 싶어 왔지요
당신과 이야기하고파 왔지요

어머니
고생이 많으셨던 우리 어머니
당신의 막내아들
어느덧 백발이 되어
당신을 찾아왔지요

당신의 옷자락 대신 잔디풀을 쓰다듬지요
당신의 목소리 대신
산새들의 이야기에 귀를 기울이지요

어머니
당신을 찾아왔습니다
어느덧 저녁 노을이 또 집니다

당신의 무덤에
무신론자 당신의 아들이
당신의 영혼을 찾아왔습니다

작은 악몽

마침내 빠져나왔다고 생각했더니
막다른 골목
뒤돌아서니 별안간 아찔하게 깊은
낭떠러지

한 번도 행복하고 싶어하지 않았다
뼈와 피부처럼 언제나
절실하고 싶었을 뿐이다

가도 또 가도 험악한 함정만 같은
빠져나오면 더 빠져들어가는
시궁창 수렁 같은
삶의 깨어나지 않는 악몽을 꾼다

너무 무섭기 때문에

정말 알아야 할 것이 있다
모두 다 알고 있으면서도

그러나 아무도 말하지 않는다
모두들 딴 얘기만 한다

그것이 너무 중요하기 때문에
그 답이 너무 무섭기 때문에

강아지와의 대화

강아지와 내가 서로
바라보고 있었다
서로 이상스럽게만 보았다
서로 비슷하게만 보였다
서로 계면쩍었다

비행장 로비에서

복잡한 기계의 쳇바퀴처럼
돌아가고 서로 스쳐가는 사람들
손님들로 알록진
만남의 만화경

이 사람들
이 숱한 사람들은 어디서 왔는고
이 사람들은
이 숱한 사람들은 어디로 가는고

모두 초조히 기다린다
모두 끊임없이 움직인다
모두 어디론가 떠나려 한다
모두 이곳 아닌 딴 곳으로

갈 곳

언제 가까이 갈 수 있을까
너무 멀다
아니면
무한한 공백이다

무덤과 꽃

어머님 산소에 잡초 한 포기
꽃이 폈다
풀꽃이
그 꽃의 언어
그 의미를 따진다

메아리

해가 진다
산과 들
도시와 마을
나와 너
모두가 사라지는 그림자

역사의
모든 사건들이
크고 작은 사물들이
하나같이
있다가 없어진
그림자
보이지 않는 무엇인가의 그늘
밑에서

애들의 웃음소리와
노인들의 신음 소리

혁명을 외치는 아우성
숱한 철학적 토론에 높아진 음성
무엇인가의 보이지 않는
크나큰 하나의 높은 벽에 부서져 울리는
메아리 소리의 흩어진 의미
밝고 고요한 밤의
메아리의 울림

산새와 비석

산새 한 마리 운다
허물어진 무덤의 임자는 누구일까
쓰러진 비석 위
한 마리 산새가 운다
가랑잎 날리는 가을 저녁

거기 가면

누군가가 거기 가면 기다릴 것인가
길이 있을까
들길 같은
오솔길이 있을까

거기 가도 혼자일까
거기에도 기다리는 이
아무도 없을까

눈 사냥

이미 무릎까지 쌓인 눈에 덮인
들 위
아직도 함박눈이 계속 내린다
해질 무렵
함박눈이 내리는 들

계곡을 뛰어 도망가는 사슴 한 마리
사냥꾼들의 엽총 소리
사슴은 쓰러지고
빨갛게 피 묻은
흰 눈

기러기떼들은
저녁 하늘 위
시옷자 대열을 짓고
석양 하늘 쪽을
우아하게 날아간다

자연의 이치

파리는 구더기를 잡아먹고
메뚜기는 파리를 삼키고
개구리 뱃속에 메뚜기가 산 채로
들어가 녹고
뱀은 큰 개구리를 삼키느라 애쓰고
독수리가 뱀을 먹고
호랑이가 여우를 찢어 뜯어먹는다
여인들은 호랑이 가죽을 두르고 다닌다
여인들은 흙 속에서 버러지 밥이 된다
그리고 흙 속에서
풀이 나고
꽃이 피고
꽃이 지고
눈에 파묻혀 죽는다

신세계

나는 고장난 컴퓨터
푸른 들 복판
나날이 확장되는
정크야드
그리고 이건 또 무슨 녹슨
잡음이냐

언어의 별들

책 속의 수없는
낱말들
진리가 빛난다
어두운 밤하늘
반짝이는
수없이 흐트러진 별들처럼
빛나는 별들은
한결같이
흙뭉치들이다

하나의 삶

나의 존재, 나의 고민, 나의 행복
다 같이
단 한 가지 유전자의
에피소드

생물과 돌은
단 한 가지 물질
물질과 정신이
하나의 존재로 연결된다

지구와
우주 간의 역사는
단 한 가지 미립자의
알 수 없는
의미 없는
에피소드

그리고 그것은 무의미의 무의미
무의미의 단 한 가지
크나큰 의미
단 하나의 삶

오징어 같은 에티오피아의 아이들

마른 오징어보다 더 큰 눈
아프리카 들에서 독수리가 뜯어먹다 남은
가젤의 뼈보다 더 앙상한 가슴
오징어 발 같은 손과 다리
사막에 쓰러져 누워 그냥 굶어 죽어가는
에티오피아의 애들

하늘을 고발한다
인간을 고발한
문명을 저주한

그리고 우리는 모두 위선자

별들 이야기

현대시같이 난해한 낱말들
별들의 이야기는 무엇일까

반짝이는 의미를 따라
빛나는 뜻을 찾아
나는 별똥처럼 떠난다
한없이 깊은 공간으로 사라진다

그 아득한 시초의 뜻
우주의 언어의 의미를 알고자
별들의 숨은 사연을 읽고자
별들이 전하는 이야기를 듣고자

객지(客地)

나는 남의 집에 산다

나는 남의 옷을 얻어입고 있다

나는 남의 말을 쓴다

나는 남의 생각을 한다

나는 남의 느낌을 느낀다

나는 남의 땅에 있다

나는 남의 삶을 산다

시어(詩語)

가시철사같이
얽히고
찔리는
시어들은
아프기만 하고
긁히고 찢어진 그 의미들에
피가 밴다

소외되어 아픈 존재
언어를 읽어 진실
잡으면 찔리고
깎으면 깨지는
시어들이
의미 너머 의미 아닌
의미를 찾는다

뉴잉글랜드 해변에서 다람쥐와 갈매기와 나와

다람쥐 한 마리
수없이 날아온 갈매기떼
내가 들고 있는 빵조각을
서로 다투어 먹는다
북극으로 가는
대서양 해변
메인 주 아르카디아 국립공원

꿈꾸는 외딴 집

돌담이 보이는
짙은 숲속
호수가 보이는 계곡
외딴 집
뉴잉글랜드의 목조집

혼자 살고 싶다
혼자 생각하고 싶다
정말 깊은 사색에
혼자 잠기고 싶다
외딴 집처럼

산새들과
사슴들과
버러지들과
혼자
열심히 존재하고 싶다

별들의 파편

밤하늘
발기발기 찢어진 의미
사방으로 흩어지는 생각
분산된 언어는
깨어진 벼들처럼 반짝이는
밤하늘 질서를 허문다
파편처럼 뿌려진
별들의 이야기
공백의 울림

벌레들은 계속 번식하고
짐승들은 계속 교미하고
사람들은 계속 죽고
계속 또 태어나 번지리라
끝없는 시간의 공간을
떠가는 땅위에서

철학자들은 계속 생각하고 따지고
시민들은 계속 고민하고 시를 쓰고
의미 없는 생각들을
의미 없는 언어들을

의미의 의미는 존재의 빛
존재의 어두운 심연의 밤하늘에
별들의 파편 같은 의미의 빛이 반짝인다
존재의 밤하늘

의미 없는 시를 쓴다

가짜 같은 삶
마스크 같은 생각
의식의 탈을 벗을 수 없을까

의미 없는 낱말을 나열한다
의미 없는 시를 쓴다
파편 같은 시를 쓴다
깨어지는 의식의 조각들

별들의 질서

별들과
핵들의

똑같이 아름다운
질서

의미와 뜻의
무한한 무질서와

그리고 존재의 무질서와
인간의 고독과 아우성과

끝없는 공백
의미의 풍요한 무질서

철학적 시의 새로운 지평

오생근(문학평론가)

　박이문의 시를 읽으면 시인의 순진성 혹은 순정성이 무엇보다 먼저 떠오른다. 그의 시적 언어는 복잡하기보다 단순하고, 난해하기보다 명징하며, 의식적인 기교에 의존하기보다 순수하고 담백한 마음의 표현에 더 큰 비중을 둔 것으로 보인다. 그는 삶과 죽음에 대한 성찰이나 존재론적 사유를 주제로 한 시에서도 어려운 추상언어를 동원하지 않고, 추론이 불가능한 이미지를 중첩시키지도 않는다. 시인보다 철학자로 유명한 그의 작품세계에서 이와 같은 현상은 일견, 의외인 것처럼 여겨진다. 더욱이 그가 프랑스 시인들 중에서 시의 해석이 가장 어려운 시인으로 손꼽히는 말라르메의 시로 박사논문을 쓴 불문학자였음을 염두에 두면 그 의외의 느낌은 놀라움에 가까워진다. 물론 그의 시에서 이렇게 선명히 비쳐지는 특징들은 깊은 철학적 사색을 동반한 것일 수도 있다. 그러나 우리의 관심은, 그의 시와 철학의 관계를 밝히기보다 불문학자이자 철학자인 그로 하여금 시를 쓰게 한 근원적 힘은 무엇일까를 탐색하는 방향에서 출발한다.

박이문은, 젊은 날에 관한 글 「나의 길, 나의 삶」에서 시를 "세상에서 가장 귀중한 보석처럼" 생각하여 보들레르나 말라르메 같은 시인이 되고 싶어했지만, 시인의 길을 가지 않은 것은 정서적 표현에 대한 욕망보다 세상의 모든 것을 투명하게 알려는 지적 갈증이 앞섰기 때문이라고 말한 바 있다. 그런 욕망의 부름에 따라 그는 철학자의 길을 선택하였지만, 시인에 대한 꿈은 사라지지 않았던 것으로 보인다. 그것은 마치 순수했던 첫사랑을 잊지 못하는 사람의 마음과 같다. 더욱이 플라톤 이래로 철학의 언어와 시의 언어를 대립적으로 보는 오랜 철학적 전통에서 보자면, 철학자의 길을 가는 사람이 철학적 담론을 잠시라도 제쳐두고 시인의 꿈을 실현하기란 쉽지 않았을 것이다. 그러나 프로이트의 논리를 빌리지 않더라도 진정한 욕망의 꿈은 억압과 장애가 따를수록 더 강화되는 것이 아닐까?

그에게 첫사랑과 같은 시는 그리움 속에 떠오르는 고향에 비유할 수 있다. 그리운 고향은 누구에게나 어린 시절의 기억 속에서 어머니의 모습처럼 이상화되기 마련이다. 그러니까

현실에서의 고향이 도시화의 물결 속에서 아무리 원형을 잃고 낯선 도시의 풍경으로 변화했을지라도, 추억 속에 떠오르는 고향은 언제나 한결같은 모습이다. 시인의 정신적 고향이라고 말할 수 있는 시의 경우도 마찬가지이다. 그가 철학의 길을 선택하기 전에 말라르메와 같은 상징주의 시인이 되고 싶어했다거나, 상징주의 시학에서 중요한 이미지들 중 하나인 '보석' 같은 언어로 시를 쓰고 싶어했던 것은, 시의 고향을 떠올릴 때마다 재현되는 무의지적 기억일 것이다. 이 경우의 시는 세속적인 물질의 세계에 대항할 수 있는 순수한 언어와 순결한 영혼의 표현이고, 타락한 세계의 가치관을 부정하는 이상주의자의 꿈을 반영하는 것이기도 하다. 그것은 당연히 반시(反詩)와 대립되는 개념을 내포한다. 그런데 그의 첫번째 시집 『눈에 덮인 찰스 강변』에는 유일하게 반시적 분위기의 「반시」가 있는데, 이것은 특이하리만큼 다른 시들과 어울리지 않는다. 이 시에서 "휴지통 속 코카콜라 깡통" "찢어진 눈물" "명상하는 변기" 등 반시적이고 낯설고 파격적인 표현들이 등장하긴 하지만, 이것은 본격적인 '반시'의 시도라기보다는 우연적인 '반시'의 한 결과로 해석된다. 대체로 그의 시는 '반시'에 일치하는 해체와 전복의 글쓰기보다 절제된 표현과 언어의 함축성, 간결하면서도 여백의 의미를 살린 전통적 시의 품격을 유지하고 있다.

『눈에 덮인 찰스 강변』은 시의 고향을 찾아 떠난 시인의 상상적 여행의 첫번째 기록인 셈인데, 이 시집의 서시인 「눈에 파묻힌 성당」의 이미지는 퍽 의미심장해 보인다. 이 시의 마지막 행에서 나타난 "성스러운 어머니의 얼굴" 같은 성당의 풍경은 보들레르의 「상응」이라는 시의 첫 행에서 "자연은 하나의 사원(Temple)"이라고 표현한 시구를 연상시킨다. 상징의 언어를 읽을 수 있는 그러한 보들레르의 '사원'은 "성스러운 어머니의 얼굴" 같은 삶의 근원과 종교성을 환기시키는 '성당'의 이미지와 닮아 있기 때문이다. 박이문은 눈 덮인 성당을 바라보며 한 해의 끝과 새로운 해의 시작을 생각하고 순수하고 순결한 모성의 세계를 떠올린다. 겨울날의 눈 덮인 풍경은 바라보는 사람에게 눈이 내리던 지난날의 행복하고 아름다웠던 시절에 대한 그리움뿐 아니라 눈에 덮인 길 위로 발자국을 남기며 걷고 싶은 욕망을 갖게 한다. 그런데 시인에게 발자국을 남기고 싶은 욕망은 백지 위에 시를 쓰고 싶은 욕망과 겹쳐질 수 있다.

눈이 닿는 곳마다
눈에 파묻혔다

크나큰

시가 씌어지길 기다리는

한 장의 흰 원고지

무슨 시를 쓰랴

바람과 해와

바다와 별과

시를 쓰리

언어 아닌 구름으로

—「눈에 덮인 들」전문

"눈에 덮인 들"은 시인에게 "크나큰/시가 씌어지길 기다
리는/한 장의 흰 원고지"로 변형된다. 시인이 시를 쓰는 사
람이기 때문에, 눈에 덮인 세계가 시를 쓰고 싶은 욕망을 불
러일으켰다 하더라도 동시에 그 세계가 절대의 순수한 세계
처럼 보여 그것을 온전히 담을 언어를 찾지 못했다면 그러한
욕망은 좌절감 속에서의 머뭇거림을 수반하게 된다. 시인은
절대의 세계란 언어로 포착될 수 없다는 것을 깨달으면서
"언어 아닌 구름으로" 시를 쓰겠다고 한 것 같은데, 이것은
자연의 절대적인 아름다움 앞에서 언어의 절망을 경험하지
않기 위해서라거나 '구름' 같은 몽상에 빠지는 것으로 만족

하겠다는 잠정적인 타협의 소산으로 해석될 수 있다. 이것은 상징주의 시인 말라르메가, 절대의 세계에 대한 언어탐구를 끊임없이 절망하면서도 다시 꿈꾸는 작업을 그칠 수 없었던 숙명적 추구의 노정을 생각하게 한다.

「눈에 덮인 들」이 이상의 세계와 시인의 시쓰기 욕망 혹은 언어와의 관계를 보여준 것이라면 「함박눈 나리는 길에서」는 눈길을 걷고 싶은 욕망과 걸으면서 전개될 수 있는 몽상의 변화를 보여준다. 이 시의 첫번째 절에서는 함박눈이 이틀째 내려 행인의 무릎까지 파묻힐 정도였다는 정황이 묘사되는 가운데, "다시 저물어가는 낯선 겨울"이라는 아름다운 표현이 우리의 눈길을 끄는데, 여기서 '낯선 겨울'은 고향을 멀리 떠나 외국에서 이방인으로 사는 화자의 공간적, 시간적 외로움과 두려움을 잘 나타내준다. 시인은 눈길을 걸으면서 여러 가지 상념에 젖는다.

걸음마다 눈앞에 아물대는 옛 얼굴들
꼬리를 물고 오는 어려운 질문들
지나가는 대답들은 눈처럼 녹고

흰 저녁 하얀 눈길에서
불꽃처럼 타는 나의 가슴

윤곽이 없는 하얀 지혜

　　　　—「함박눈 나리는 길에서」 중에서

　눈길을 걷는 화자의 생각은 가까운 사람들의 추억에서부터 철학적 주제에 이르기까지, 일상적 삶의 문제에서 시를 쓰는 현재의 관심사까지 포함하여 다양하게 펼쳐지는 것으로 암시된다. 눈길을 걷는 시인의 가슴은 "불꽃처럼" 뜨거운 열정으로 가득 차 있다. 물론 뜨거운 열정은 지식과 깨달음에 대한 열정일 것이다. 그러나 시인은 열정의 결실이 만족스럽지 않은 듯, "윤곽이 없는 하얀 지혜"의 상태를 말하면서 지적인 겸손함을 표현한다. 그러나 "윤곽이 없는 하얀 지혜"가 미완성이나 미흡한 상태의 지식이 아니라 사물에 대한 편견이 없는 순수하고 담백한 정신의 상태를 의미하는 것으로 볼 수도 있다.

　뻗친 길을 달리는 마음
　달려도 뛰어도 떨어지지 않는
　발길 쓰러지는 마음
　낯선 유리창 안의 낯선
　나의 그림자
　그리고 또 낯선 나의 그림자

찾아올 사람도 없는 밤

아무도 없는 외국 공항 대합실

바람을 기다리는가

죽음을 기다리는가

아무리 허우적대도 깨어나지 않는

나는 나비의 꿈

　　　　　　　　　　　　　—「나비의 꿈」중에서

눈을 잠깐 뜨면

나는 그림자가 되어 있고

눈을 또 감으면

보이는 것은

보이지 않는 것뿐이다

　　　　　　　　　　　　　—「좌선」중에서

　「나비의 꿈」은 장자의 유명한 나비의 꿈 이야기를 환기시
킨다. 이 이야기는, 장자가 사람이라는 관점에서 보면 나비였
던 것을 꿈으로 볼 수 있고, 장자가 나비라는 관점에서 보면
사람의 꿈을 꾼 것으로 해석할 수도 있는데, 중요한 것은 이
시에서의 화자가 "아무리 허우적대도 깨어나지 않는" 자신의

삶을 "나비의 꿈"처럼 이야기한다는 점이다. 여기서 화자가 동일시하는 "나비의 꿈"은 덧없는 삶을 의미하기보다 삶에 대한 끊임없는 의문과 기다림의 연속에서 벗어나지 못한 자신의 모습을 드러낸 것으로 보인다. 이처럼 삶의 반성적 의미를 이끌어낼 수 있는 이 시에서 "낯선 나의 그림자"가 두 번이나 반복되는 것은 그만큼 삶의 실체보다 삶의 허상이 더 크게 느껴졌기 때문일 것이다. 또한 「좌선」에서의 화자 역시 눈을 뜬, 깨어 있는 의식의 상태에서 자신이 "그림자가 되어 있"는 상태를 확인한다. 그러나 "눈을 또 감으면" "보이는 것은" "보이지 않는 것뿐"이란 표현은 무엇을 의미하는 것일까? 이것은 우선 상징주의 시학의 이데아 개념과 가깝게 보인다. 상징주의 시학에 의하면, 현실의 세계는 보이지 않는 실재의 그림자와 같다. 시인은 현실을 넘어서서 상징의 언어를 통해 보이지 않는 실재의 이상을 추구하는 사람이다. 그러나 시인이 이상의 세계를 추구하더라도 시적 모험의 길에서 보이지 않는 것이 쉽게 보이는 것으로 될 수는 없다. 그것은 좌절과 시련의 과정 속에서 끊임없는 탐구와 천착의 대상이기 때문이다.

보이지 않는 것은
역시 보이지 않는다

밤은 깊다
살아도 알아도
서투른 곳

이 밤의 마지막 등불
끄고 침대로 간다
잠을 자려고
잠이 들면
보일까
보이지 않는 것은

—「보이지 않는 것」 전문

　이 시는 보이지 않는 실재의 세계와의 조우가 얼마나 힘든
탐구의 과정을 거쳐야 하고 그것과 언어와의 상응(corres-
pondance)이 시인에게 얼마나 절실한 욕망인지를 보여준
다. 시인에게 탐구의 시간은 대체로 밤이다. 밤은 깊어지면서
시인의 영혼에 위안을 주거나 친숙함을 갖게 할 수 있다. 그
러나 "보이지 않는 것"이 계속 "보이지 않는다"면, 밤의 시간
은 친근하고 익숙하게 느껴지는 시간이 아니라 "살아도 알아
도/서투른 곳"처럼 낯설고 어색한 공간이 된다. 결국 시인은

체념하고 잠을 이루려고 하지만, 의식이 잠드는 잠과 꿈의 상태에서도 "보이지 않는 것"을 보려는 희원은 여전하다.

보이지 않는 실재의 세계를 "크나큰 존재" 혹은 "크나큰 실체"(「메아리」)라고 부른다면 현실의 세계는 그것의 그림자이거나 메아리와 같은 실체 없는 반향의 세계일 것이다. 두 번째 시집 『나비의 꿈』에서는 「그림자」「메아리」「거울에 비친 그림자」 등 허상의 삶을 의미하는 제목의 시들이 많다. 또한 「악몽」「깨어진 조각들」「뿌리 없이」 등 존재의 절망과 고통을 내재화시킨 시들은 제목에서부터도 분명한 시적 이미지를 담고 있다. 다른 작품들의 표제어들도 대체로 자유의 구속, 소통의 단절, 견디기 힘든 권태 등 어두운 내면의 모습을 나타내고 있는데, 이러한 내면의 풍경은 시들의 내용에서도 동일하게 발견된다. 그러한 부정적 의미의 제목이 아닌 것이 「탈출」인데, 이 시는 이러한 제목을 갖고 있으면서도 탈출의 성공을 의미하기보다 감옥의 문은 열려 있으나 그 문을 나서지 못하였다는 화자의 탄식을 담고 있다.

그림자가 그림자를
잡고 싸우다가
메아리가 메아리에
울려 부산하다가

형체도 없는

보이지 않는 그리고

아무도 모르는

어느 크나큰 원리에 갇혀

—「메아리」 중에서

    그림자들이 서로 싸우고, 메아리들이 시끄러운 소음으로 들리는 시장의 분위기는 혼잡한 세속적 현실의 세계와 닮아 있다. 시인은 이 세계를 지배하는 "어느 크나큰 원리"가 존재하며, 현실의 세계는 그 원리에 종속되어 있다고 생각한다. 그러한 존재의 원리 속에서 보자면 인간의 삶은 얼마나 보잘것없고 허망한 것일까? 그러나 박이문의 아름다운 사랑노래라고 명명할 수 있는 「사랑 3곡」에는 허망함을 극복하는 방법이 사랑이라는 듯, "우리들의 몸은 먼지니까" 사랑의 상처에 아파하지 않을 수 있고, "우리들의 숨결은 바람이니까" 슬퍼하지 않을 수 있고, "우리들의 마음은 환상이니까" 울지 않을 수 있다는 사랑의 역설적 진리가 표현된다. 사랑에 대한 감성적 이해와 철학적 성찰이 결합되어 아름답게 보이는 이 시는 쉬운 언어로 씌어졌으면서도 깊이가 보이고 단단한 느낌을 준다. 이 시에서 알 수 있듯이 사랑과 인생이 아무리 그림자처럼 덧없고 허망한 것이라도, 시인에게 중요한 것은 그 것을 승화시켜 보석처럼 빛나는 언어의 시로 만드는 일이다. 그럴 때 사랑과 인생은 연금술의 변화처럼 귀중하고 아름다 운 것이 될 수 있다.

언어의 문제가 많은 시인들의 관심사겠지만, 박이문 시인 의 경우 언어의 문제는 그의 시 속에서 큰 자리를 차지하고 있다. 그가 노장사상을 철학적으로 해석하면서 언어와 존재 의 불일치를 중요한 화두로 삼았듯이, 그에게 의미 있는 삶의 세계는 언어로 표상된 세계이고, 언어 밖의 세계는 "무한한 밤"(「언어들 사이에서」)으로 은유되는 어둠과 무의미 혹은 영 원의 세계이다. 그에게 언어는 어떤 때는 "밤에 흩어져 있는/ 별들"(「흩어진 하늘」)의 존재처럼 보이고, 또 어떤 때는 하늘 에서 내리는 흰 눈처럼(「낱말들의 눈송이가 내리고」) 보이기 도 한다. 그것이 별이건 눈이건, 그것들은 아름다운 존재이긴 하지만 사라진다는 공통점을 갖는다. 시인의 언어로 존재의 실체를 포착하려고 할 때 언어는 눈처럼 "손 안에 녹아 없어 지는/존재의 뜻"(「낱말들의 눈송이가 내리고」)으로 표현된다. 물론 언어와 존재의 관계는 일치되는 경우보다 불일치의 경 우가 많고, 일치되는 것은 언제나 한순간에 불과하다. 그러나 그 한순간의 일치가 사실은 얼마나 아름답고 소중한 것일까? 그렇기 때문에 밤하늘에 빛나는 별들의 언어로 시를 쓰고 싶은 시인의 욕망은 끈질기게 생성된다.

　박이문의 세번째 시집 『보이지 않는 것의 그림자』와 네번째 시집 『공백의 울림』에는 삶과 죽음의 주제와 함께 의미와 무의미의 문제가 시집들의 중심축을 이루는 것처럼 보인다. 물론 삶과 죽음의 문제는 앞의 시집에 실린 「무의미의 의미」에서도 비중 있게 다뤄진 것이긴 하지만 『공백의 울림』에서 더 큰 울림으로 변주된다. 어떤 점에서 삶과 죽음에 대한 성찰은 존재의 본질에 대한 사유로 연결될 수 있다. 가령 세번째 시집의 서시 「무명묘無名墓」에서 "나의 무덤은 흙이 되고/나의 무덤은 무가 되고"라거나, 시 「비석碑石」에서 "뼈가 흙이 되면/비석도 모래가 되어/없어지는 것과 남은 것"이 동일하다는 인식은 삶의 의미와 죽음의 무의미라는 이원론적 개념을 넘어선 어떤 초월적 성찰의 한 반영으로 나타난다. 그것은 눈에 보이는 사물들의 허상과 그것으로 연속된 무의미한 삶을 "언어 이전에/살아 있는/순수하고/풍요한"(「크나큰 하나」) 이상의 세계를 꿈꾸는 시인의 사색과 상상의 끝에서 가능한 시적 인식일 것이다.

　　우리들의 앎은
　　껍데기
　　우리들의 삶은

헛것

죽음 다음
또하나의 삶이
또하나의 삶 다음
또하나의 죽음이

말이 없어 의미가 깊고
소리없이 깊은
살아 있는 모든 것
모든 것은 살아 있어
크나큰
하나
있음과 없음도
함께

—「크나큰 하나」 중에서

　인간에게 삶과 죽음은 영원의 시간에서 볼 때 끊임없이 연
속되는 긴 시간의 한 순간일 뿐이다. 이러한 관점에서 우리들
의 유한한 삶이란 얼마나 미미하고 덧없는 것인가. 물론 우리
가 한정된 삶과 사물의 존재에 부여하는 의미 그리고 언어 이

전의 자연세계나 절대의 세계에 내장된 의미는 같은 것이 아니다. 가령 위의 시에서 "말이 없어 의미가 깊고"라고 했을 때, 깊은 의미의 세계는 언어 이전의 세계 혹은 언어로 표상될 수 없는 세계를 가리킨다. 그 세계는 일회적인 삶과 죽음을 넘어서 긍정적으로 해석될 수 있는 "있음과 없음"의 경계를 초월하여 끊임없는 삶과 죽음의 연속적 계기로 인식되는 그야말로 "크나큰 하나"의 세계이다. 시인은 그러한 세계를 꿈꾸면서 덧없는 삶의 고통을 잊으려 하고, 죽음의 두려움을 극복하려 한다. 이러한 의지는 유한한 삶의 무의미성을 넘어서는 적극적인 삶의 태도이다. 죽음의 상념과 삶의 성찰은 「마운트 오번 공동묘지」「공동묘지 순례」「미국 케임브리지시 공동묘지」「비석들」등 공동묘지 앞에서 떠오른 생각을 표현한 시들에서 일관성 있게 표명된다. 시인은 공동묘지뿐 아니라 어머님의 무덤 앞에서 갖게 된 애절한 생각을 이렇게 적는다.

어머니
당신을 찾아왔습니다
어느덧 저녁 노을이 또 집니다
당신의 무덤에
무신론자 당신의 아들이

당신의 영혼을 찾아왔습니다.

　　　　　　　　　　—「어머님의 무덤 앞에서」 중에서

어머님 산소에 잡초 한 포기

꽃이 폈다

풀꽃이

그 꽃의 언어

그 의미를 따진다

　　　　　　　　　　—「무덤과 꽃」 전문

　「어머님의 무덤 앞에서」에서의 화자는 자신이 무신론자임을 의식적으로 강조하면서도, 마치 죽은 이의 '영혼'이 살아 있는 듯 대화를 나눈다. 또한 「무덤과 꽃」에서의 화자는 어머니 산소에 핀 풀꽃의 언어와 의미를 생각하는 시인의 모습을 의도적으로 부각시킨다. 무신론자 시인은 삶의 의미와 행복을 내세에서도 찾지 않고 초월적 존재의 뜻에 맡기려고도 하지 않는데, 그것은 겸손함이 부족해서가 아니라 인간적인 삶과 고통을 감내하기 위해서이며, 삶의 종말이 죽음이라는 생각 때문이 아니라 삶과 죽음을 통한 생명의 순환성을 믿기 때문이다. 물론 삶의 슬픔과 허망함을 견디면서도 시인이 좌절과 절망에 빠지지 않을 수 있는 것은 삶과 죽음에 대한 이성적 인식의 의지와 함께 절대의 세계에 대한 강렬한 시적 탐구의 의지가 있기 때문이다. 그러한 의지의 시인에게 갈 길은 언제나 멀고, 갈 곳은 아득하다.

> 언제 가까이 갈 수 있을까
> 너무 멀다
> 아니면
> 무한한 공백이다
>
> —「갈 곳」전문

그 길이 아무리 멀지라도 '갈 곳'이 있기 때문에 시인은 행복할 수 있다. '갈 곳'이 너무 멀게 느껴져 주저앉고 싶거나, '무한한 공백'의 두려움이 엄습하더라도 그 두려움은 오히려 의지를 새롭게 추스를 수 있는 계기일 수 있다. '갈 곳'이 시인의 근원적인 고향이라면, 살아 있는 동안 끊임없는 귀향연습으로서의 시쓰기를 포기하지 말아야 하는 것은 시인에게 너무도 당연한 일이다.

공백의 그림자
ⓒ 박이문 2006

초 판 인 쇄 | 2006년 11월 13일
초 판 발 행 | 2006년 11월 25일

지 은 이 | 박이문
펴 낸 이 | 강병선
책 임 편 집 | 조연주 양수현
펴 낸 곳 | (주)문학동네
출 판 등 록 | 1993년 10월 22일 제406-2003-000045호

주   소 | 413-756 경기도 파주시 교하읍 문발리 파주출판도시 513-8
전 자 우 편 | editor@munhak.com
전 화 번 호 | 031) 955-8888
팩   스 | 031) 955-8855

ISBN   89-546-0239-8 02810

www.munhak.com

문학동네 시집